SECA

"Desde que no Alto Sertão um rio seca. A vegetação em volta, embora unhas, Embora sagres, integráveis e agressivas, Faz alto à beira daquele rio tumba".

João Cabral de Melo Neto

SECA

André Neves

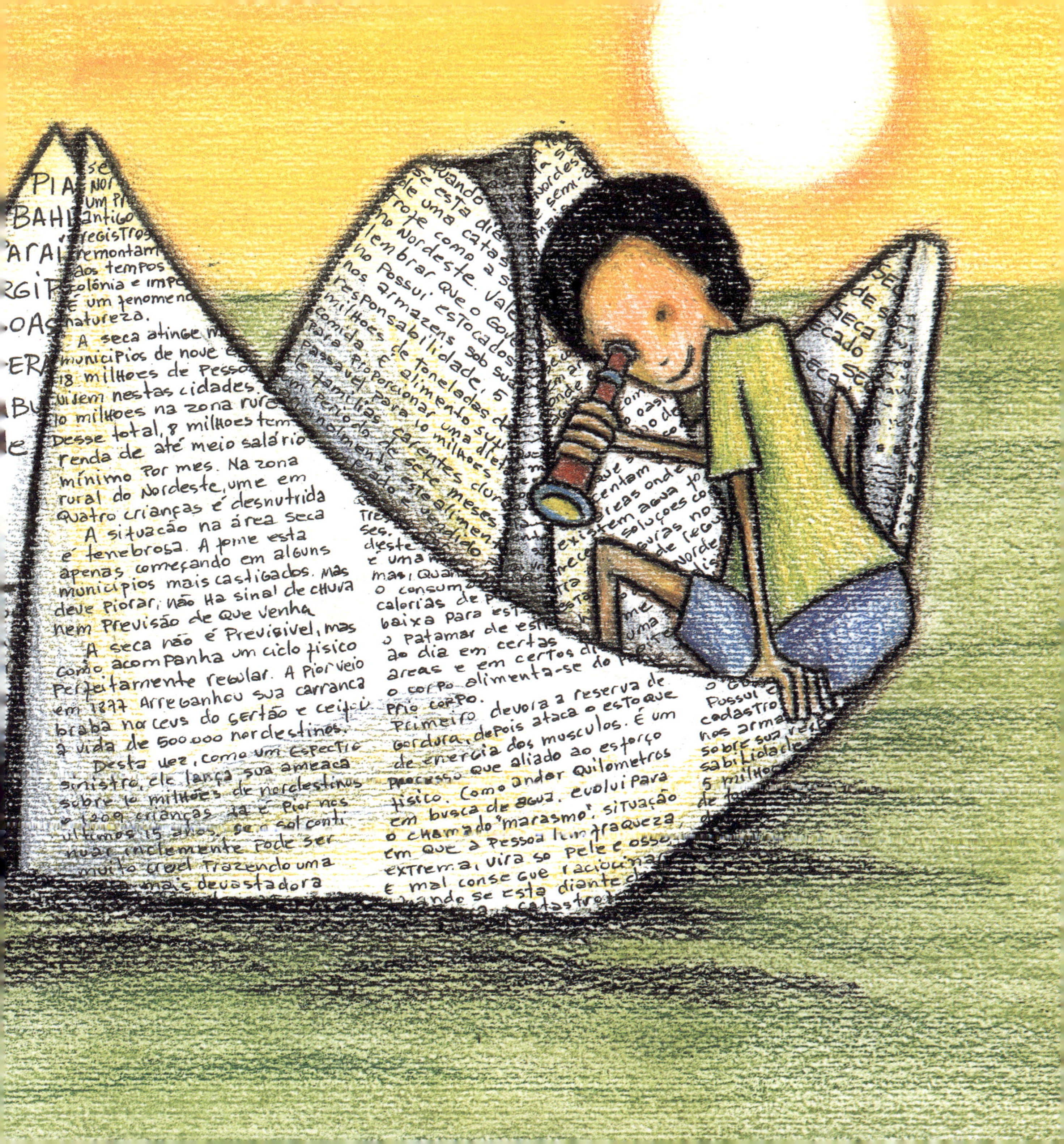

PI
BAH
PARA
SERGI
ALAGOA
INAS GER
PERNAMBU
Rio Grande
do NO
S ATING
LA SECA
natureza.
A seca atinge
vários municípios
terior de nove es
8 milhões de pessoas
vivem nestas cidades
10 milhões na zona rural
Desse total, 8 milhões tem
renda de até meio salário
mínimo por mês. Na zona
zona rural do nordeste uma
em quatro crianças é des-
nutrida.
A situação na área seca
é tenebrosa. A fome está
apenas começando em alguns
municípios mais castigados.
Mas deve piorar, não há sinal
de chuva nem previsão de
que venha.
A seca não é previsível,
mas como acompanha um
ciclo físico perfeitamente
Quando s
está diant
de uma cat
trofe como a s
nordeste. Vale
lembrar que o
governo possui es
tocados nos arma
sob sua responsabi
cinco milhões de tone
ladas de comida sufi
ciente para proporciona
uma dieta passável pa
milhões de famílias caren
num período de sete meses
Desta
vez o
um exp
sinistro
ele lanç
sua amea
sob milho
de nordest
se o sol
continuar in
clemente po
ser muito cr
com a falta
de água e o
seca
seca
seca
três
ses.
destrui
mas.
o consumo de
calorias do povo
baixa para estabili
o patamar de estragos em que
o corpo alimenta-se do próprio
corpo.
Primeiro devora a camada de
gordura, depois ataca o estoque
de energia dos músculos e

Direção-geral: *Maria Bernadete Boff*
Coordenação editorial: *Maria de Lourdes Belém*
Revisão: *Nilma Guimarães*
Gerente de produção: *Felício Calegaro Neto*
Direção de arte: *Irma Cipriani*
Ilustrações: *André Neves*
Projeto gráfico: *Adriana Chiquetto*

Dados Internacionais de Catalogação na Publicação (CIP)
(Câmara Brasileira do Livro, SP, Brasil)

Neves, André
　Seca / André Neves. – 3. ed. – São Paulo : Paulinas, 2008. – (Coleção nordestinamente)

　ISBN 978-85-356-0566-2

1. Livros ilustrados para crianças　I. Título.　II. Série.

08-09199　　　　　　　　　　　　　　　CDD-741.642

Índice para catálogo sistemático:
1. Livros infantis ilustrados　　741.642

Revisado conforme a nova ortografia.

8ª edição – 2017
3ª reimpressão – 2022

Nenhuma parte desta obra pode ser reproduzida ou transmitida por qualquer forma e/ou quaisquer meios (eletrônico ou mecânico, incluindo fotocópia e gravação) ou arquivada em qualquer sistema ou banco de dados sem permissão escrita da Editora. Direitos reservados.

Paulinas
Rua Dona Inácia Uchoa, 62
04110-020 – São Paulo – SP (Brasil)
Tel.: (11) 2125-3500
http://www.paulinas.com.br – editora@paulinas.com.br
Telemarketing e SAC: 0800-7010081
© Pia Sociedade Filhas de São Paulo – São Paulo, 2000